PAROISSE DE LA MADELEINE

CANTIQUES

PARIS-AUTEUIL

IMP. DES APPRENTIS CATHOLIQUES — 40, RUE LAFONTAINE

—

1876

PAROISSE DE LA MADELEINE

CANTIQUES

N° 1. — Invocation au Saint-Esprit.

Esprit-Saint, Dieu de lumière,
O vous que nous invoquons !
Venez des cieux sur la terre,
Comblez-nous de tous vos dons.

Don de Sagesse.

Accordez-nous cette sagesse
Qui ne cherche que le Seigneur ;
Que notre étude soit sans cesse
De lui soumettre notre cœur.
  Esprit-Saint, etc.

Don d'Intelligence.

Donnez-nous cette intelligence,
Ce don qui fait connaître au cœur
De la foi toute l'excellence,
Et du crime toute l'horreur.
  Esprit-Saint, etc.

Don de Conseil.

De vos conseils que la lumière
Dissipe nos illusions ;
Qu'elle nous guide et nous éclaire
Au milieu des tentations.
  Esprit-Saint, etc.

Don de Force.

Venez, inspirez-nous la force
D'aimer Dieu, d'observer sa loi :
Et qu'en vain le monde s'efforce
D'éteindre dans nos cœurs la foi.
  Esprit-Saint, etc.

Don de Science.

Enseignez-nous cette science,
L'art divin qui fait les vertus ;
Répandez sur nous l'abondance
Du don qui forme les élus.
  Esprit-Saint, etc.

Don de Piété.

Qu'une piété vive et pure
Nous anime et brille toujours ;
Qu'à son feu notre âme s'épure,
Et pour vous s'embrase d'a-
                [mour.
  Esprit-Saint, etc.

Don de Crainte.

Inspirez-nous de Dieu la crainte,
De ses terribles jugements ;
Que sa justice, sa loi sainte
Pénètre et nos cœurs et nos sens.
  Esprit-Saint, etc.

Nᵒ 2. — Même sujet.

Esprit-Saint, descendez en nous ; *(bis)*
Embrassez notre cœur de vos feux *(bis)* les plus doux.

Sans vous, notre vaine prudence
Ne peut, hélas ! que s'égarer.
Ah ! dissipez notre ignorance : *(bis)*
Esprit d'intelligence,
Venez nous éclairer. Esprit-Saint, etc.

Le noir enfer, pour nous faire la guerre,
Se réunit au monde séducteur ;
Tout est pour nous embûches sur la terre :
Soyez *(bis.)* notre libérateur. Esprit-Saint, etc.

Enseignez-nous la divine sagesse ;
Seule elle peut nous conduire au bonheur.
Dans ses sentiers qu'heureuse est la jeunesse !
Qu'heureuse est la vieillesse ! Esprit-Saint, etc.

Nᵒ 3. — Importance du salut.

Travaillez à votre salut ;
Quand on le veut, il est facile.
Chrétiens, n'ayez point d'autre but :
Sans lui tout devient inutile. *(bis)*
Refrain. Sans le salut, *(bis)* pensez-y bien,
Tout ne vous servira de rien. *(bis)*

Oh ! que l'on perd en le perdant !
On perd le céleste héritage,
Et, par un échange effrayant,
On a l'enfer pour son partage. *(bis)*
Sans le salut, etc.

« Que sert de gagner l'univers,
» Dit Jésus, si l'on perd son âme, »
Et s'il faut au fond des enfers
Brûler dans l'éternelle flamme ? *(bis)*
Sans le salut, etc.

Rien n'est digne d'empressement
Si ce n'est la gloire éternelle ;
Tout le reste est amusement,
Trompeuse et folle bagatelle. *(bis)*
   Sans le salut, etc.

C'est pour toute une éternité
Qu'on est heureux ou misérable :
Que devant cette vérité
Tout ce qui passe est méprisable ! *(bis)*
   Sans le salut, etc.

Grand Dieu, que tant que nous vivrons
Cette vérité nous pénètre :
Ah ! faites que nous nous sauvions,
A quelque prix que ce puisse être. *(bis)*
   Sans le salut, etc.

N° 4. — Vanité de tout ce qui passe.

Tout n'est que vanité,
Mensonge, fragilité,
Dans tous ces objets divers
Qu'offre à nos regards l'univers.
Tous ces brillants dehors,
Cette pompe,
Ces biens, ces trésors,
Tout nous trompe,
Tout nous éblouit ;
Mais tout nous échappe et nous fuit.

Telles qu'on voit les fleurs
Avec leurs vives couleurs
Eclore, s'épanouir,
Se faner, tomber et périr :
Tel est des vains attraits
Le partage ;
Tels l'éclat, les traits
Du jeune âge,
Après quelques jours,
Perdent leur beauté pour toujours.

En vain pour être heureux
Le jeune voluptueux
Se plonge dans les douceurs
Qu'offrent les mondains séducteurs :
Plus il suit les plaisirs
Qui l'enchantent,
Et moins ses désirs
Se contentent;
Le bonheur le fuit
A mesure qu'il le poursuit.

Que vont-ils devenir,
Pour l'homme qui doit mourir,
Ces biens longtemps amassés,
Cet argent, cet or entassés ?
Fût-il du genre humain
Seul le maître,
Pour lui tout enfin
Cesse d'être :
Au jour de son deuil,
Il n'a plus à lui qu'un cercueil.

Que sont tous ces honneurs,
Ces titres, ces noms flatteurs ?
Où vont de l'ambitieux
Les projets, les soins et les vœux ?
Vaine ombre, pur néant,
Vil atome,
Mensonge amusant,
Vrai fantôme
Qui s'évanouit
Apres qu'il l'a toujours séduit.

J'ai vu l'impie heureux
Porter son air fastueux
Et sont front audacieux
Au-dessus du cèdre orgueilleux.
Au loin tout révérait
Sa puissance,
Et tout adorait
Sa présence :
Je passe et soudain
Il n'est plus, je le cherche en vain.

Au savant orgueilleux
Que sert un génie heureux,
Un nom devenu fameux
Par mille travaux glorieux ?
Non, les plus beaux talents,
L'éloquence,
Les succès brillants,
La science,
Ne servent de rien
A qui ne sait vivre en chrétien.

Oh ! combien malheureux
Est l'homme présomptueux
Qui dans ce monde trompeur
Croit pouvoir trouver son bonheur !
Dieu seul est immortel,
Immuable,
Seul grand, éternel,
Seul aimable :
Avec son secours
Soyons à lui seul pour toujours.

N° 5. — Dieu invite le pécheur à revenir à lui.

DIEU.

Reviens, pécheur, à ton Dieu qui t'appelle,
Viens au plus tôt te ranger sous sa loi :
Tu n'as été déjà que trop rebelle ;
Reviens à lui, puisqu'il revient à toi.   *(bis)*

LE PÉCHEUR.

Voici, Seigneur, cette brebis errante
Que vous daignez chercher depuis longtemps ;
Touché, confus d'une si longue attente,
Sans plus tarder, je reviens, je me rends.   *(bis)*

DIEU.

Pour t'attirer ma voix se fait entendre ;
Sans me lasser partout je te poursuis :
D'un Dieu pour toi, du père le plus tendre,
J'ai les bontés, ingrat, et tu me fuis !   *(bis)*

LE PÉCHEUR.

Errant, perdu, je cherchais un asile ;
Je m'efforçais de vivre sans effroi :
Hélas ! Seigneur, pouvais-je être tranquille
Si loin de vous, et vous si loin de moi !   (bis)

DIEU.

Attraits, frayeurs, remords, secret langage,
Qu'ai-je oublié dans mon amour constant ?
Ai-je pour toi dû faire davantage ?
Ai-je pour toi dû même en faire autant ?   (bis)

LE PÉCHEUR.

Je me repens de ma faute passée ;
Contre le Ciel, contre vous j'ai péché ;
Mais oubliez ma conduite insensée,
Et ne voyez en moi qu'un cœur touché.   (bis)

DIEU.

Si je suis bon, faut-il que tu m'offenses ?
Ton méchant cœur s'en prévaut chaque jour :
Plus de rigueur vaincrait tes résistances ;
Tu m'aimerais si j'avais moins d'amour.   (bis)

LE PÉCHEUR.

Que je redoute un juge, un Dieu sévère !
J'ai dissipé des biens qui sont sans prix :
Comment oser vous appeler mon père ?
Comment oser me dire votre fils ?   (bis)

DIEU.

Marche au grand jour que t'offre ma lumière,
A sa faveur tu peux faire le bien ;
La nuit bientôt finira ta carrière,
Funeste nuit où l'on peut plus rien !   (bis)

LE PÉCHEUR.

Dieu tout-puissant, notre souverain maître,
Dont la beauté seule doit nous charmer,
Que j'ai longtemps vécu sans vous connaître !
Que j'ai longtemps vécu sans vous aimer !   (bis

DIEU.

Ta courte vie est un songe qui passe,
Et de la mort le jour est incertain :
Si j'ai promis de te donner ta grâce,
T'ai-je jamais promis le lendemain ?   *(bis)*

LE PÉCHEUR.

Votre bonté surpasse ma malice ;
Pardonnez-moi ce long égarement ;
Je le déteste, il fait tout mon supplice,
Et devant vous j'en pleure amèrement.   *(bis.)*

L. RACINE.

N° 6. — Retour de l'enfant prodigue.

Un fantôme brillant séduisit ma jeunesse ;
Sous le nom du plaisir il égara mes pas ;
Insensé que j'étais, je n'apercevais pas
L'abîme que des fleurs cachaient à ma faiblesse.

Refrain.

Mais enfin, revenu de mes égarements,
Remettant mon salut à ta bonté chérie,
O mon Dieu ! mon soutien ! après mille tourments,
Quand je reviens à toi, *(bis)* je reviens à la vie. *(bis)*

Plaisirs où j'avais cru ne trouver que des charmes,
Ivresse de mes sens, trompeuse volupté,
Hélas ! en vous cherchant que vous m'avez coûté
De craintes, de douleurs, de regrets et de larmes !
  Mais enfin, etc.

Ah ! pardonne, Seignenr, à ton enfant coupable ;
Cent fois puni d'avoir oublié tes leçons,
Même au sein des plaisirs, par des remords profonds,
Il expiait déjà son crime détestable.
  Mais enfin, etc.

Oui, mon Dieu, c'en est fait ! touché de ta clémence,
Je quitte pour jamais le monde et ses appas.
Nouvel enfant prodigue, appelé dans tes bras,
Je retrouve à la fois mon père et l'innocence.
  Car enfin, etc.

Sainte paix, calme heureux où mon âme repose,
Plaisirs délicieux où s'enivre mon cœur,
Oh ! ne me quittez plus, donnez-moi le bonheur
Qu'en vain depuis longtemps le monde me propose.
  Car enfin, revenu, etc.

N° 7. — Sentiments de contrition.

Hélas !
Quelle douleur
Remplit mon cœur,
Fait couler mes larmes !
Hélas !
Quelle douleur
Remplit mon cœur
De crainte et d'horreur !
Autrefois,
Seigneur, sans alarmes,
De tes lois
Je goûtais les charmes :
Hélas !
Vœux superflus !
Beaux jours perdus,
Vous ne serez plus !...

La mort
Déjà me suit :
O triste nuit !
Déjà je succombe :
La mort !
Déjà me suit ;
Le monde fuit,
Tout s'évanouit.
Je la vois

Entr'ouvrant ma tombe,
Et sa voix
M'appelle, et j'y tombe.
O mort !
Cruelle mort !
Si jeune encor !..
Quel funeste sort !

Frémis,
Ingrat pécheur !
Un Dieu vengeur,
D'un regard sévère,
Frémis'
Ingrat pécheur !
Un Dieu vengeur
Va sonder ton cœur.
Malheureux !
Entends son tonnerre :
Si tu peux,
Soutiens sa colère.
Frémis,
Seul aujourd'hui,
Sans nul appui,
Parais devant lui.

Grand Dieu !

Quel jour affreux
Luit à mes yeux !
Quelle horrible abîme !
Grand Dieu !
Quel jour affreux
Luit à mes yeux !
Quels lugubres feux !
Oui, l'enfer,
Vengeur de mon crime,
Est ouvert,
Attend sa victime.
Grand Dieu !
Quel avenir !
Pleurer, gémir,
Toujours te haïr !

Beau ciel !
Je t'ai perdu,
Je t'ai vendu
Par de vains caprices !
Beau ciel,
Je t'ai perdu,
Je t'ai vendu,
Regret superflu !
Loin de toi,
Toutes les délices
Sont pour moi
De nouveaux supplices.
Beau ciel,
Toi que j'aimais,
Qui me charmais.
Ne te voir jamais !...

O vous,
Enfants pieux,
Toujours joyeux,
Et pleins d'espérance,
O vous
Enfants pieux
Toujours joyeux
Moi seul malheureux !
J'ai voulu

Sortir de l'enfance !
J'ai perdu
L'aimable innocence :
O vous
Du ciel un jour
Heureuse cour !
Adieu sans retour.

Non, non,
C'est une erreur,
Dans mon malheur,
Hélas ! je m'oublie.
Non, non,
C'est une erreur,
Dans mon malheur,
Je trouve un Sauveur.
Il m'entend,
Me réconcilie,
Dans son sang
Je reprends la vie.
Non, non,
Je l'aime encor,
Et le remord
A changé mon sort.

Jésus !
Manne des cieux,
Pain des heureux,
Mon cœur te réclame.
Jésus !
Manne des cieux,
Pain des heureux,
Viens combler mes vœux.
Désormais
Ta divine flamme
Pour jamais
Embrase mon âme.
Jésus !
O mon Sauveur !
Fais de mon cœur
L'éternel bonheur.

Nᵒ 8. — Sur la passion de Notre-Seigneur.

Au sang qu'un Dieu va répandre,
Ah ! mêlez du moins vos pleurs,
Chrétiens, qui venez entendre
Le récit de ses douleurs.
Puisque c'est pour nos offenses
Que ce Dieu souffre aujourd'hui,
Animés par ses souffrances,
Vivez et mourez pour lui.

Dans un jardin solitaire
Il sent de rudes combats ;
Il prie, il craint, il espère ;
Son cœur veut et ne veut pas.
Tantôt la crainte est plus forte,
Et tantôt l'amour plus fort ;
Mais enfin l'amour l'emporte,
Et lui fait choisir la mort.

Judas, que la fureur guide,
L'aborde d'un air soumis :
Il l'embrasse, et ce perfide
Le livre à ses ennemis.
Judas, un pécheur t'imite
Quand il feint de l'apaiser ;
Souvent sa bouche hypocrite
Le trahit par un baiser.

On l'abandonne à la rage
De cents soldat inhumains ;
Sur son aimable visage
Les valets portent leurs mains.
Vous deviez, anges fidèles,
Témoins de ces attentats,
Ou le mettre sous vos ailes,
Ou frapper tous ces ingrats.

I's le traînent au grand prêtre,
Qui seconde leur fureur,
Et ne veut le reconnaître
Que pour un blasphémateur.

Quand il jugera la terre,
Ce Sauveur aura son tour ;
Aux éclats de son tonnerre
Tu le connaîtras un jour.

Tandis qu'il se sacrifie,
Tout conspire à l'outrager.
Pierre lui-même l'oublie,
Et le traite d'étranger.
Mais Jésus perce son âme
D'un regard tendre et vainqueur,
Et met, d'un seul trait de flamme,
Le repentir dans son cœur.

Chez Pilate, on le compare
Au dernier des scélérats.
Qu'entends-je ! ô peuple barbare,
Tes cris sont pour Barabbas ;
Quelle indigne préférence !
Le juste est abandonné ;
On condamne l'innocence,
Et le crime est pardonné !

On le dépouille, on l'attache ;
Chacun arme son courroux ;
Je vois cette Agneau sans tache
Tombant presque sous les coups.
C'est à nous d'être victimes :
Arrêtez, cruels bourreaux.
C'est pour effacer nos crimes
Que son sang coule à grands flots.

Une couronne cruelle
Perce son auguste front :
A ce chef, à ce modèle,
Mondains, vous faites affront.
Il languit dans les supplices,
C'est un homme de douleurs :
Vous vivez dans les délices,
Vous vous couronnez de fleurs.

Il marche, il monte au Calvaire,
Chargé d'un infâme bois :
De là, comme d'une chaire,
Il fait entendre sa voix :

« Ciel, dérobe à la vengeance
Ceux qui m'osent outrager. »
C'est ainsi, quand on l'offense;
Qu'un chrétien doit se venger.

J'entends cette foule immense
Insulter à ses douleurs :
« Fais éclater ta puissance,
Quitte la croix où tu meurs. »
Il peut la quitter sans peine,
Malgré vos nœuds et vos clous ;
Mais le nœud qui seul l'enchaîne,
C'est l'amour qu'il a pour nous.

Ah ! de ce lit de souffrance,
Seigneur, ne descendez pas ;
Suspendez votre puissance,
Restez-y jusqu'au trépas.
Mais tenez votre promesse,
Attirez-nous après vous ;
Pour prix de votre tendresse
Puissions-nous y mourir tous !

Il expire, et la nature
Dans lui pleure son Auteur ;
Il n'est plus de créature
Qui ne marque sa douleur.
Un spectacle si terrible
Ne poura-t-il me toucher ?
Et serais je moins sensible
Que n'est le plus dur rocher ?

FÉNELON.

Nº 9. — Joies de la sainte communion.

Qu'ils sont aimés, grand Dieu, tes tabernacles !
Qu'ils sont aimes et chéris de mon cœur !
Là, tu te plais à rendre tes oracles ;
La foi triomphe et l'amour est vainqueur. } bis

Qu'il est heureux celui qui te contemple,
Et qui soupire au pied de tes autels !
Un seul moment qu'on passe dans ton temple
Vaut mieux qu'un siècle au palais des mortels. } bis

Je nage au sein des plus pures délices ;
Le ciel entier, le ciel est dans mon cœur.
Dieu de bonté, de faibles sacrifices
Méritaient-ils cet excès de bonheur ?   } bis

En les comblant par un charme suprême,
Un Dieu puissant irrite mes désirs :
Il me consume et je sens que je l'aime,
Et cependant je m'exhale en soupirs !   } bis

Autour de moi les Anges, en silence,
D'un Dieu caché contemplent la splendeur :
Anéantis en sa sainte présence,
O Chérubins, enviez mon bonheur !   } bis

Et je pourrais à ce monde qui passe
Donner un cœur par Dieu même habité ?
Non, non, mon Dieu, je puis tout par ta grâce :   } bis
Dieu, sauve-moi de ma fragilité.

En souverain règne, commande, immole,
Règne surtout par le droit de l'amour.
Adieu, plaisirs ; adieu, monde frivole,
A Jésus seul j'appartiens sans retour.   } bis

Nᵒ 10. Cantique en l'honneur de Marie

Cœur Sacré de Marie,
Cœur tout brûlant d'amour,
Cœur que la terre envie
Au céleste séjour,
Communique à nos âmes
Un rayon de ce feu,
De ces divines flammes
Dont tu brûlas pour Dieu.

Sanctuaire ineffable
Où reposa Jésus,
O source intarissable
De toutes les vertus !
Percé sur le Calvaire
D'un glaive de douleurs,
Tu ne vois sur la terre
Que mépris, que froideurs.

Cœur tendre, Cœur aimable,
Des pécheurs le secours,
Leur malice coupable
Te perce tous les jours.
Ah ! puissent nos hommages
Réparer aujourd'hui
Tant de sanglants outrages
Qu'on te fait à l'envi !

Montre-toi notre Mère :
De tes enfants chéris
Reçois l'humble prière,
Pour l'offrir à ton Fils.
Conduis-nous sous ton aile
Jusqu'au Cœur de Jésus :
Une mère peut-elle
Essuyer un refus !

Nᵒ 11. — Même sujet,

D'une Mère chérie
Célébrons les grandeurs ;
Consacrons à Marie
Et nos voix et nos cœurs.
Refrain. De concert avec l'Ange
Quand il la salua,
Disons à sa louange
Un *Ave Maria,*

Nous étions la conquête
Du tyran des enfers ;
En écrasant sa tête,
Elle a brisé nos fers.
De concert, etc.

Modeste créature,
Elle plut au Seigneur ;
Et, Vierge toujours pure,
Enfanta le Sauveur.
De concert, etc.

O Marie ! ô ma Mère !
Prenez soin de mon sort ::
C'est en vous que j'espère
En la vie, à la mort.
De concert, etc.

Obtenez nous la grâce,
A notre dernier jour,
De voir Dieu face à face,
Au céleste séjour.
De concert, etc.

Nᵒ 12. — Même sujet.

Je vous salue, auguste et sainte Reine,
Dont la beauté ravit les immortels !
Mère de grâce, aimable souveraine,
Je me prosterne au pied de vos autels.

Je vous salue, ô divine Marie !
Vous méritez l'hommage de nos cœurs.
Après Jésus, vous êtes et la vie,
Et le refuge, et l'espoir des pécheurs.

Fils malheureux d'une coupable mère,
Bannis du ciel, les yeux baignés de pleurs,
Nous vous faisons, de ce lieu de misère,
Par nos soupirs entendre nos douleurs.

Écoutez-nous, puissante protectrice,
Tournez sur nous vos yeux compatissants,
Et montrez-nous qu'à nos malheurs propice,
Du haut des cieux vous aimez vos enfants.

O douce, ô tendre, ô pieuse Marie !
O vous de qui Jésus reçut le jour :
Faites qu'après l'exil de cette vie,
Nous le voyions dans l'éternel séjour.

N° 13. — Cantique au Sacré-Cœur.

Pitié, mon Dieu ! c'est pour notre Patrie
Que nous prions au pied de cet autel ;
Les bras liés et la face meurtrie,
Elle a porté ses regards vers le Ciel.

Dieu de clémence,
Dieu protecteur,
Sauvez, sauvez la France
Au nom du Sacré-Cœur !

Pitié, mon Dieu ! la Vierge immaculée
N'a pas en vain fait entendre sa voix.
Sur cette terre ingrate et désolée,
Les fleurs du ciel croîtront comme autrefois.

Pitié, mon Dieu ! pour tant d'hommes fragiles,
Vous outrageant sans savoir ce qu'il font ;
Faites renaître, en traits indélébiles,
Le sceau du Christ imprimé sur leur front !

Pitié, mon Dieu ! trop faibles sont nos âmes
Pour désarmer votre juste courroux ;
Embrasez-les de généreuses flammes,
Et rendez-les moins indignes de vous.

Pitié, mon Dieu ! si votre main châtie
Un peuple ingrat qui semble la braver,
Elle commande à la mort, à la vie,
Par un miracle elle peut nous sauver.

Douce Marie, ô Mère secourable,
Auguste Reine, ayez pitié de nous !
Ayez pitié de la France coupable !
Priez pour nous, qui recourons à vous.

Prose à la Sainte Vierge.

Inviolata, integra et casta es, Maria !

Vous avez conservé tout l'éclat de votre virginité, ô Marie !

Quæ es effecta fulgida cæli porta;

En devenant Mère, vous nous avez ouvert l'entrée du ciel.

O Mater alma, Christi charissima !
Suscipe pia laudum præconia.

O heureuse Mère, la bien-aimée de Jésus-Christ !
Recevez les louanges que notre piété vous offre.

Nostra ut pura pectora sint et corpora;

Puissent nos cœurs et nos corps être purs par votre intercession !

Te nunc flagitant devota corda et ora.

C'est ce que vous demandent instamment et nos cœurs et nos voix.

Tua per precata dulcisona,

Que, par vos prières, si douces à l'oreille de votre divin Fils,

Nobis concedas veniam per sæcula,
O benigna !
O Maria !
O Regina !
Quæ sola inviolata permansisti.

Vous nous obteniez miséricorde pour l'éternité.
O bonne Mère,
O Marie,
O Reine,
A vous seule la gloire d'être devenue mère sans cesser d'être vierge.

Avant la bénédiction du Saint Sacrement.

Tantum ergo Sacramentum
Veneremur cernui.
Et antiquum documentum
Novo cedat ritui :
Præstet fides supplementum
Sensuum defectui.

Humblement prosternés, adorons tous ensemble cet auguste sacrement ! Que l'ancienne loi s'efface devant la nouvelle, et que la foi supplée à la faiblesse de nos sens.

Genitori Genitoque
Laus et jubilatio ;
Salus, honor, virtus quoque
Sit et benedictio ;
Procedenti ab utroque
Compar sit laudatio. Amen.

v. Panem de cœlo præstitisti eis.

R. Omne delectamentum in se habentem.

Gloire, louange, salut, honneur et bénédiction au Père et au Fils ; gloire égale à l'Esprit-Saint, qui procède du Père et du Fils. Ainsi-soit-il.

v. Vous nous avez donné, Seigneur, un pain descendu du ciel.

R. Qui renferme les goûts les plus délicieux.

Stabat Mater.

Stabat Mater dolorosa,
Juxta Crucem lacrymosa,
Dum pendebat Filius.

Cujus animam gementem,
Contristatam et dolentem,
Pertransivit gladius.

O quam tristis et afflicta
Fu t illa benedicta
Mater Unigeniti !

Quæ mœrebat et delebat,
Pia Mater, dum videbat
Nati pœnas inclyti.

Quis est homo qui non
    fleret,
Christi Matrem si videret
In tanto supplicio ?

Quis posset non contristari,
Piam Matrem contemplari
Dolentem cum Filio ?

Debout au pied de la Croix, à laquelle son Fils était suspendu, la Mère de douleur pleurait.

Son âme, abattue, gémissante et désolée, fut percée du glaive de douleur.

Oh ! qu'elle fut triste et affligée cette Mère bénie du Fils unique de Dieu !

Cette tendre Mère gémissait et soupirait à la vue des angoisses de son divin Fils.

Qui pourrait retenir ses larmes en voyant la Mère de Jésus-Christ dans cet excès de douleur ?

Qui pourrait contempler sans une profonde tristesse la Mère de Jésus-Christ souffrant avec son Fils.

Pro peccatis suæ gentis,
Vidit Jesum in tormentis,
Et flagellis subditum.

Vidit suum dulcem Natum
Morientem, desolatum,
Dum emisit spiritum.

Eia, Mater, fons am
Me sentire vim doloris
Fac, ut tecum lugeam.

Fac ut ardeat cor meum
in amando Christum Deum,
Ut illi complaceam.

Sancta Mater, istud agas,
Crucifixi fige plagas
Cordi meo valide.

Tui Nati vulnerati,
Tam dignati pro me pati,
Pœnas mecum divide.

Fac me pie tecum fiere,
Crucifixo condolere,
Donec ego vixero.

Juxta Crucem tecum stare,
Et me tibi sociare
In planctu desidero.

Virgo virginum præclara
Mihi jam non sis amara;
Fac me tecum plangere.

Fac ut portem Christi
    mortem,
Passionis fac consortem,
Et plagas recolere.

Elle voit Jésus livré aux tourments et déchiré de coups pour les péchés de sa nation.

Elle voit ce Fils bien-aimé mourant, délaissé jusqu'au dernier soupir.

O Mère pleine d'amour, faites que je sente votre douleur, que je pleure avec vous.

Faites que mon cœur soit embrasé d'amour pour Jésus-Christ, et ne songe qu'à lui plaire.

O sainte Mère, imprimez profondément dans mon cœur les plaies de Jésus crucifié.

Partagez avec moi les tourments que votre Fils a daigné subir pour moi.

Faites que je pleure pieusement avec vous, et que je compatisse tous les jours de ma vie aux souffrances de votre Fils crucifié.

Désormais je veux demeurer avec vous au pied de la Croix, et m'associer à vos douleurs.

O Vierge la plus pure des vierges, ne repoussez pas ma prière; faites que je pleure avec vous.

Que je porte en moi la mort de Jésus-Christ, que je partage ses douleurs, et que j'adore ses plaies.

Fac me plagis vulnerari,
Cruce hac inebriari
Ob amorem Filii.

Ne flammis urar succen-
    sus,
Per te, Virgo, sim defensus
In die judicii.

Fac me Cruce custodiri,
Morte Christi præmuniri,
Confoveri gratia.

Quando corpus morietur,
Fac ut animæ donetur
Paradisi gloria.

Amen.

Faites que, blessé de ses
blessures, je sois enivré de
cette croix et du sang de
votre Fils.

Vierge puissante, défen-
dez-moi au jour du juge-
ment, afin que je ne sois
pas la proie des flammes
éternelles.

O Jésus, quand il faudra
sortir de ce monde, donnez-
moi par votre Mère d'arri-
ver à la palme de la victoire.

Et lorsque mon corps
mourra, obtenez à mon âme
la gloire du paradis.

Ainsi soit-il.

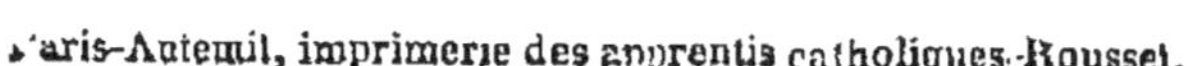

Paris-Auteuil, imprimerie des apprentis catholiques-Roussel.